光は瞳をさがして

後藤克博

左右社

歌集

光は瞳をさがして

後藤克博

もくじ

1章　例えばひとみ

見えるもの見えないものも見てほしい　アンパンマンのあんはつぶあん

筆箱を同じ長さの鉛筆でいっぱいにして三月のきみ

玉手箱もらう予言をされてても太郎は亀を助けてほしい

〈視細胞は日に十四個自然死す〉神の定めに抗いて〈視る〉

「と金」にはならぬと決めた一枚の「歩」が真っ直ぐにひと升進み

糸でんわかけてほしいなきみがもしひみつのそうだんしたい時には

クレヨンと白いノートを入れて出し　ランドセルが最初の鞄

虹彩《アイリス》は花と女神の名を持ちて人の窓なる瞳をつくる

かたつむり目玉で教えてくれた夜〈ぼくだけあじさいきらいなんだよ〉

勝ち決める〈歩〉を盤上に打つ棋士の一瞬駒を撫でるような手

名人は駒袋開け鈴の音の五角の無限を取り出している

橙の星が見えるよ春の夜に　かばんもくつも新しいひと

群青の絵の具をいっぱい残しまま中学校を卒業した日

してみよう月にかわっておしおきをする人にかわってするおしおきを

万年筆は泉のペンと自称する　枯れた泉にインクをあげる

ランドセル初めて背負った今日のきみ眉毛が少し太って見える

古書店をめぐった後の路地の店　備前の皿のカレーとコーヒー

「富士山がゆっくり右に動いてる」初めてのぞみに乗るきみが言う

『東京タワーも大阪城も壊したが富士山は無理』とゴジラの談話

このラリーずっと続けと打つボール一筆書きを宙に描いて

春の日の港のそばで肩車されてる君は縦の大の字

平面の盤は御駒が並べられ棋聖が指せば立体となり

色鉛筆を尖りきるまで削ってる　描くたび折れる芯を持つゆえ

臥龍庵《がりょうあん》を劉備《りゅうび》が訪ねていなければ諸葛亮《しょかつりょう》はどうしただろうか

みの蛾です。あたし嫌いにならないで歌人も古人もみの虫が好き

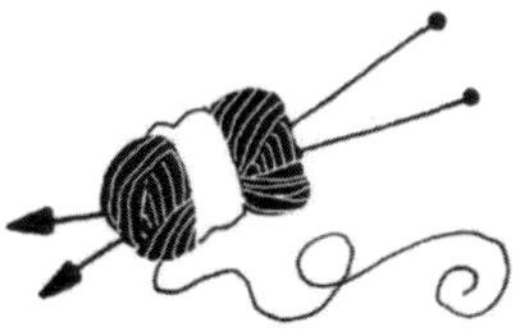

レンズ越しに診る視神経は神の色　百万粒の結晶のごと

虹は蛇　天地をつなぐ工事する背を伸ばしきるその消えるまで

虹は絹　大きな蚕が七本の糸で天なる繭作らんと

十二進法のパラレルワールド割り勘が簡単になる三・四・六人

135790

日焼けした坊主頭がグラブ振り吹奏楽部を応援してる

どの溝で最後の一本はさもうか　カッペリーニとたたかうわたし

棋聖作二十七手の詰将棋　シャンプーしている時のひらめき

〈生きのびる〉ために発達した視覚

いま〈生きる〉ため我は見ている

「ねずみさん食べたところを教えてね」幼稚園児のランドルト環

〈秋の富士負けぬ高さへ観覧車〉　正円形の個室にひかり

〈スカートを少し短く星祭〉　君はそういう思いのひとと

どんぐりの実とだったらね換えたげる机の中のひみつの箱と

子ぎつねの心は心に話してる　影絵の〈ごん〉をきみが見つめて

邪馬台のおすべらかしの女王《おおきみ》の両の手にある魏よりの鏡

水たまり避けて歩みて雨の日に　よろこび入りし日々もありきに

〈平安の小島なお〉なり定頼に歌を返しし小式部内侍

飛行機の我が日本を眺むれば「おかえりなさい」と錐体の富士

「六等分せよ円の面積を」解くなら正三角形を使え

冠雪の姿はドレスの美女のごと　夏の富士なら男に見える

開けるより閉じることが簡単で　瞬きがそれを教えてくれる

〈はらぺこのあおむし〉だって見えたのは帰省のための列車だった

一日に二万回視界が閉じること　瞬きと人は呼ぶこととする

雀士ゆえ最高級の誉め言葉　富士の雪って白《ハク》より白い

――知人――

三歳で初めて食べた千歳あめ今よりきっとおいしかったよ

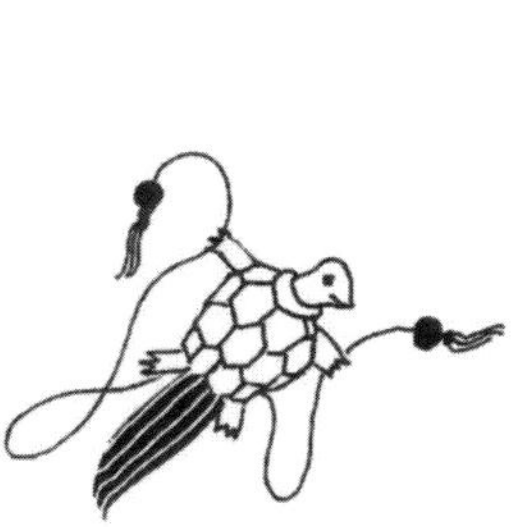

「もしあればノーベル賞の発明をのび太のためだけ使っていいの」

ゼロ掛ける1の結果とゼロプラス1の答えが違うのはなぜ

開けたまま十秒我慢できますか　ドライアイの検査ではなく

〈謹呈〉のしおり挟んだ古本はＡ５の大きさ汚れがなくて

心房に穴ある二歳の心音を聴いてお頭を撫でる学生

ロールシャッハテストで患者が花と答えおり　花に見えない我の心は

――精神科の実習にて――

〈オフィーリアの兄・レアチーズ〉と書いてあるスイーツ好きの部長の台本

――ハムレットより――

触覚が痛覚よりも痛くなる　きみがわたしに触れなくなって

長安と太陽どちらが遠いのか　太陽はそこに見えてるけれど

2章　相聞

「心まで見られそうだわ」看てみたい　今日は患者の君の目を診る

鉛筆を削る匂いが好きだった　昔の君に出会ってみたい

出っぱりのあるポンカンが凹凸のからだの君に食べられている

佐藤から佐藤にかわる今日のわれ　佐の書き順を変えて届ける

――友人――

夏は夜　星に紛れて照る蛍見つめる君の瞳も灯る

中央線でPASMOをかざす君がいて宝塚の娘役が好き

シリウスや君の瞳と同じ青　新しい人　新しい国

日焼けして夏の部分を見せ合うは　昔は友と今はあなたと

素数出る法則性を探す君　スイカを食べつつ種を見ている

春来れば二人称を変えてみる　図書館で*i*教えてほしい

——虚数かそうじゃないか——

駅を出て一緒にはいる傘の柄が十五度われに傾いていて

理科室の試験管ごし君を見る　水を入れたらリボンは歪み

3章　例えばひかり

業平も義経も見し富士山を〈ひかり〉の窓から我も見ている

突然に走り出したるきみを追う　追いつけなくなる未来のきみを

ご来光見ていま電車に乗らんとす　振り返るわれ振り返る富士

中あきの積み木並べて遊ぶ子よ　穴の中から光が見えるの

盤上に〈歩〉を打つ棋士の勝利への読み持つ右手のスローモーション

「はい飲んで」双葉に水やる君に来よ夏のヘチマの大きな実り

高層のビル群越しに富士を見る　富士はビル越え我を見ている

駿河湾に富士沈めても富士残る　海のプールに顔が出ている

成都ってすげえ寒いと思うだろう公募の名前の「暁暁《シャオシャオ》」「蕾蕾《レイレイ》」

白夜の地〈夏〉と名付けたチョコレートもう売り切れているのだろうか

同じでない神経が筋を支配する　開ける瞼と閉じる瞼と

――麻雀の役・大三元の語源は科挙――

〈科挙合格〉までの労苦はいかほどか〈大三元〉を鳴かずに和了《あ》がる

天元と九個の星と劫《コウ》の時間　囲碁の勝負は宇宙を映す

印籠を失くしてしまった黄門がただのじいじと思われまいと

ドイツ語を話したい日もあったろうベルサイユにいたアントワネット

第三の火は広島で放たれぬ　五個目の安全装置がはずされ

――原子爆弾には四個の安全装置が付いている――

〈最後でも贅沢しない晩餐〉の遠近法の点にキリスト

8分と5分の二個の砂時計使って10分測ろうとする

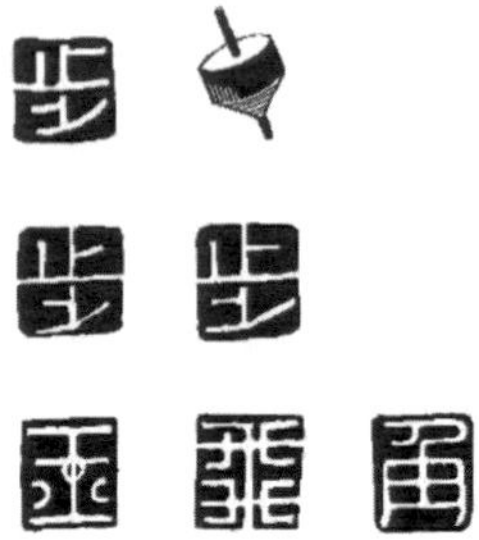

失せし〈歩〉の代わりに小さな独楽を置き棋譜を並べて独り楽しむ

五と七と三十一が素数ゆえ短歌考え眠れなくなる

――ついでに俳句十七音も素数――

竜よりも地球を揺らすこいのぼり　いのちいのちが尾びれを跳ねて

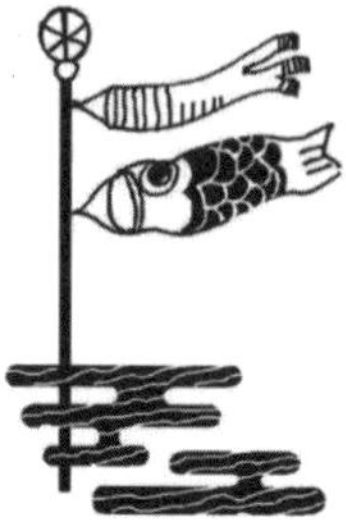

あおいろのびんにラムネは透けていていろはみずいろあじもみずいろ

乳歯から永久歯へとかわるならまっすぐ強く生えますように

幾千の局面を創りまた捨ててたった一手を盤上に指す

将棋界八つの椅子をひとり掛けしている孤独を時に思えば

〈三笠山〉漢詩に訳し玄宗に歌う静かな仲麻呂の声

よみきかせされたお話読み聞かす　『ごんぎつね』なら迎えてあげよう

光あるひとは光のなきひとの〈晴眼者〉なることばをしらず

声でなく心を伝える電話器を発明したのは誰でしたっけ

ひつじ年生まれの君よ〈部首・羊〉入った漢字を書き出してみて

〈いく野の〉の歌は最初に覚えたよ百人一首のカルタ取りたい

どら焼きか今川焼か迷ってる　歌人の写真はみんな若いな

手机《ショウチイ》と携帯電話に名を付けてＧＤＰで日本を抜く國

「Dearせんせい」宿題忘れる君たちが我が誕生日を覚えて歌う

――友人は教師――

日本では出逢わぬゴジラとガメラなり　アメリカ映画で戦い始める

〈飛車・最強〉竜が斜めも効くことをあなたは今も知らないでいる

鍵穴のような前方後円墳　古代の空気を中に隠して

秀吉と家光はオレをまねしたと言う義時を清盛が見る

―― 囲碁 ――

天元に初手を打ったその刹那　半目勝ちの予感がしてる

ジークフリートに葉っぱを悟空に緊箍児《きんこじ》をドキンちゃんには食パンマンを

縁日の金魚の名のなき一匹が「君のポイなら破ってみせる」

フランスの働き蜂は尊大な女王蜂をギロチンしちゃうの

床にモノ溢れすぎてて自在には動けぬルンバの機嫌が悪い

アトラスが地球を支える骨ならば我こそきみのアトラスでいる

――第一頸椎はアトラスとも呼ばれる――

「数学に集中できる」両の眼を失明したるオイラーが言う

このラリーずっと続けと思うときコートを〈空場《そらば》〉と呼んで愛しむ

〈ポンカンが父です〉シールが貼ってあるデコポン君は無心で食べる

盤の前インタビュー受くる新棋聖笑顔をつくる正座のままで

姿月あさとをしづきあさとと読むために重箱読みの練習をする

排水溝から顔を出してるタンポポは不幸せとは思っていない

宿命か上下うしろは守られて前は守られていない眼球

事故発生　運転再開までの間に車掌は短歌を朗読してる

—— to be or not to be の別訳 ——

〈このままでいいのかどうか〉千日手ごとの迷いを断つ今こそは

〈豪雨あり〉天気予報があったなら桶狭間にて信長死せりや

ブラック・ジャックが鉄腕アトムに助けられ火の鳥が飛ぶ　生きててほしい

ひとみとひかり、ふたつの目

小島なお

後藤さんとはじめて会ったのは二〇一九年の春だった。四月からはじまった私の短歌講座に参加してくれたひとりだった。「仕事のお昼休憩の一時間だけしかいられないのですが、それでも参加していいですか」と言われて、その熱心さと謙虚さの入り混じる質朴な瞳に、ちゃんと休憩したほうがいいのでは、と内心不安になったことを覚えている。後藤さんが眼科医で、医師としての仕事の合間を縫って参加してくれていたのはあとになって知ったことだ。

0×《ゼロかける》1の結果と0＋《ゼロプラス》1の答えが違うのどうして

はじめて講座にだしてくれた一首を思いだす。当時は、算数の教科書をめくる子どもの台詞の引用と解釈していたけれど、いまになってみれば自身の声だったのかもしれないと思う。後藤さんは〈見る〉ことに敬虔なひとだ。「どうして」のみなもとには「×」

と「＋」は角度の異なる同じ形だという視覚的な把握があるのだろう。

レンズ越しに診る視神経は神の色　百万粒の結晶のごと

〈生きのびる〉ために発達した視覚　いま〈生きる〉ため我は見ている

一日に二万回視界が閉じること　瞬きと人は呼ぶこととする

視神経は眼球の後ろから脳に向かって伸びている神経の束。眼球で受けた情報を脳に伝える役割がある。一首目は、瞳孔を通して網膜や視神経を観察する眼底検査の場面だろう。眼球の内部の世界をくまなく覗くときの押ししずめた息づかいや、向き合う眼と眼の小刻みな動き。この精巧な器官をひとは生まれながらに二つずつ持っていること。医師でなければ見ることのできない景色は、理知に基づいた医学の立場にありながら、理論的認識を超えた神性を感じさせる。

勝ち決める〈歩〉を盤上に打つ棋士の一瞬駒を撫でるような手

棋聖作二十七手の詰将棋　シャンプーしている時のひらめき

〈見る〉ひとである作者が将棋を好むのはとても自然なことのように思える。棋士はたった一手を指すのに、その裏に枝分かれする膨大な局面の可能性を想像の目で見る。私たちが実際の目で見ている世界は、もしかしたら無数にある分岐のなかのひとつでしかないのかもしれない。肉眼では見えないものが見えているひとの「手」は、ひらめきのよろこびに昂ぶりながら、同時に鷹揚でやさしい。

ランドセル初めて背負った今日のきみ眉毛が少し太って見える

中央線でPASMOをかざす君がいて宝塚の娘役が好き

〈ポンカンが父です〉シールが貼ってあるデコポン君は無心で食べる

無数に広がっていた可能性が一手ごとに絞られてゆき、やがてただひとつの盤面を創り出すように、自らの選択してきたいくつもの積み重ねがいま目の前に広がる景色となる。ふっさりとした眉毛も、かざすPASMOも、デコポンの滴りも、みんな自分が指してきた手が見せているものだということを、だれよりもきっと後藤さん本人が知っている。将棋とちがって生きている時間には勝敗がない。どんな局面が訪れたとしてもすべてを引き受けて、前へ進める勇気にも似た推進力が必要になる。

玉手箱もらう予言をされてても太郎は亀を助けてほしい

〈最後でも贅沢しない晩餐〉の遠近法の点にキリスト

けれど、もしも。選ばなかった道は、選んだ道とつねに併走しながら横目に見えている。もしも玉手箱をあけて一気に老けてしまう顚末がわかっていたら。もしも「最後の晩餐」のテーブルにパンもワインも魚も果物も置かれていなかったら。それでも、と作者は願う。枝分かれした先にどんな景色が広がっていたとしても、信じていたい自分の姿や自分をとりまく世界のありようがある。

ブラック・ジャックが鉄腕アトムに助けられ火の鳥が飛ぶ　生きててほしい

＊

三章からなるこの歌集は真ん中の章〈相聞〉をはさんで〈ひとみ〉と〈ひかり〉が対になって置かれている。なんだか人間の顔のようだなと思う。中央の鼻梁をはさんで、ふたつの目がこちらをじっと見ている。その目を覗きこむとき、なにが見えてくるのだろう。
この歌集を手にした読者の目で確かめてほしい。

見えるもの、見えないもの

東直子

タイトルが象徴するように、人間の瞳がなにかを見るという行為を、様々な切り口で描いた作品が印象に残る。

見えるもの見えないものも見てほしい　アンパンマンのあんはつぶあん

歌集の巻頭歌である。見えるものだけでなく目に見えないものも見て欲しい、という上の句の願いは、心のような抽象的な概念を想起するが、下の句で「アンパンマンのあん」という具体的な物に帰着する。アンパンマンの顔のアンパンのあんはふだんは見えない。しかし、人に与えてかじられたアンパンは、少しあんが見える。奉仕と痛みを象徴する「あん」は、確かにつぶあんのようだ。普段は見えないものを見せるというのは、アンパンマンのつぶあんのように痛みを伴うこともあるだろう。表現をすることにも通じる。自身の内側にある意識が書かせた歌なのだと思う。

〈視細胞は日に十四個自然死す〉神の定めに抗いて〈視る〉

眼科医の後藤さんならではの題材である。視細胞が毎日十四個、自然死しているとは知らなかった。十四個といえばそれほど多くはない気がするが、生き続けていけばいずれは……などと考えるとひやりとする。神の領域のはずなのに、自分はそれを医師として「視る」立場にある。見るための器官を視る。診察という行為をする人の内面が垣間見え、興味深い。

虹彩《アイリス》は花と女神の名を持ちて人の窓なる瞳をつくる

アイリスという名を持つことから女神の物語とリンクする虹彩が「人の窓なる瞳をつくる」という把握は、ロマンがある。私たち人間は、様々な感覚の中でも視覚に頼ることが特に多く、目で見て様々な判断をしていく。瞳は確かに「人の窓」だ。虹、彩、花、女神、窓、瞳と、一首に置かれた言葉から次々に立ち上がるイメージは、明るく美しく開放的で気持ちがいい。虹彩が捉えた光に充ちた窓を一人一人が持つということの貴さを感じる。目で世界を捉えることの妙味を感じたあとは、次の歌に説得された。

〈生きのびる〉ために発達した視覚　いま〈生きる〉ため我は見ている

様々な物を繊細に知覚できる人間の視覚は、何世代もかけてじっくりと発達したものだろう。「生きのびる」という語には、引き継いだ命が確実に生きのびていけるように願った長い歳月が含まれている。そして一個体である「我」は、今を生きるために生きている。自分の命を保つための仕事として命を見つめているのだ。

業平も義経も見し富士山を〈ひかり〉の窓から我も見ている

大胆に時空間を越えて富士山を見ることをテーマに捉えたユニークな一首である。東下りをした業平、頼朝に追われ東北へ逃れた義経、それぞれの苦労の多い旅の中で富士山を目の前にしたときの感慨を想像する。彼らに比べ、今は安全快適な新幹線で移動しながら、座ったままその窓から眺めることができる。「ひかり」という語が、遠い時空を結びつける。

「数学に集中できる」両の眼を失明したるオイラーが言う

排水溝から顔を出してるタンポポは不幸せとは思っていない

一首目の、両眼を失明しても数学の研究を続けたオイラーの言葉は衝撃的である。目が見えなくなることをポジティブに捉えていることを伝えるこの歌は、二首目のタンポポの主観と響きあう。排水溝のようなところで生きていくしかないタンポポに哀れみを寄せるのは、外部からの勝手な思い込みなのだ。

巻頭歌の「見えるもの見えないものも見てほしい」という素朴な願いをまた嚙みしめる。見えるものも見えないものも客観的に捉えようとする意識が、歌集を貫いている。

「見る」ことを巡って

穂村弘

『光は瞳をさがして』というタイトルに特別な印象を受けた。その巻頭に置かれたのは、「瞳」に関わる次の一首である。

見えるもの見えないものも見てほしい　アンパンマンのあんはつぶあん

「アン」「パン」「マン」「あん」「あん」という、弾むような繰り返しのリズムが魅力的だ。それにしても、「見えるもの見えないものも見てほしい」とは、どこか謎めいた願いに思える。目に見えるものはともかく、見えないものはどうやって見たらいいのだろう。例えば、「アンパンマンのあん」は。

「アンパンマン」をよく知らない私は、それが「つぶあん」とは知らなかった。だって、外からは見えないのだから。でも、もう覚えた。目には見えないものも、新たな知識を得ることで見えてくることがある。

「アンパンマン」の次に現れるのはこの歌。

筆箱を同じ長さの鉛筆でいっぱいにして三月のきみ

新入学を待つ特別な「三月」なのだろう。もしかしたら、「アンパンマン」の歌の「見えるもの見えないものも見てほしい」とは、そんな「きみ」に伝えたい思いでもあるのかもしれない。目には見えないものも、新たな知識を得ることで、つまり心の成長によって見えてくることがあるのだから。新品の「鉛筆」たちは、そんな未来の知識を摑むためのツールに思える。

「見る」ことについては、他にもこんな歌があった。

〈視細胞は日に十四個自然死す〉神の定めに抗いて〈視る〉

レンズ越しに診る視神経は神の色　百万粒の結晶のごと

「心まで見られそうだわ」看てみたい　今日は患者の君の目を診る

作中の〈私〉は、どうやら眼科医であるらしい。「見る」ことへの意識やスタンスが、明らかに常人とは違っている。「視る」「診る」「看る」……、「見る」ことのバリエーションが、これらの歌の中でどこまでも広がってゆく。それは世界へのアプローチの広さと深さに繋がっている。

「ねずみさん食べたところを教えてね」幼稚園児のランドルト環

光あるひとは光のなきひとの〈晴眼者〉なることばをしらず

一日に二万回視界が閉じること　瞬きと人は呼ぶこととする

「幼稚園児」には、大人には見えない「ねずみさん」が見えている。それは視力検査用の「ランドルト環」の間をチュウチュウと走り回っている。また、「光のなきひと」は「光あるひと」のことを「晴眼者」と呼ぶ。だが、「光あるひと」は、自らが「晴眼者」であることを知らないのだ。さらにまた、その現象を「瞬き」と呼びながら、「一日に二万回視界が閉じること」を意識することなく、その隙間で生きていることの不思議。

これらの歌から、その人が生きている世界を形作っているのは「ことば」であることがわかる。逆にいうと、我々は物理次元においては目で、心の次元では「ことば」を通して世界を見ているのだ。

そう考える時、「見えるもの見えないものも見てほしい」とは、これから広い世界を「見る」はずの子どもだけではなく、万人に向けられたメッセージなのかもしれない。おそらくはそのような世界観によって、「見る」ことについての歌群は、通常のいわゆる職業詠を超えた領域に触れている。

　　虹彩《アイリス》は花と女神の名を持ちて人の窓なる瞳をつくる

「瞳」の色といった場合は虹彩の色を指すらしい。その英語名はアイリス。誰もが「瞳」の中に「花と女神」を閉じ込めている。

★

後藤眼科医院の待合室に、冒頭に引用した「アンパンマン」の歌の額がかかっているのを見たことがある。子どもにも読めるような可愛らしい文字だった。この歌集のタイトルは『光は瞳をさがして』。章題は「例えばひとみ」「相聞」「例えばひかり」。さらに、版元はなんと「左右社」。すべてが「瞳」と「見る」こと、そして世界の「光」の希求に関わっているようだ。

その巻末に置かれたのはこの歌である。

ブラック・ジャックが鉄腕アトムに助けられ火の鳥が飛ぶ　生きててほしい

手塚治虫の漫画『ブラック・ジャック』の主人公「ブラック・ジャック」は無免許の医師だが、手塚自身は医師免許を持っていた。天才医師である「ブラック・ジャック」が倒れたら、助かるはずの多くの命までもが世界から消えることになる。戦争やテロや新型コロナウイルス禍の時代であればなおさらだ。そんな「ブラック・ジャック」を助けるために、手塚ワールドから「鉄腕アトム」や「火の鳥」が援軍としてやってきたのだろう。結句の「生きててほしい」に深い祈りを感じた。

あとがき

『光は瞳をさがして』をお手にとっていただき、ありがとうございます。

歌集の中にとても気に入った歌が一首でもあれば、それは自分にとっていい歌集だ、と言われたことがあります。この歌集に、そのような一首はありましたでしょうか。

歌にイラストを添えました。少しでも楽しく読んでいただきたい、という気持ちからです。イラストは作家の長野まゆみさんの手によるものです。

穂村弘先生に監修と解説をお願いしました。東直子先生と小島なお先生からも解説文をいただき、長野まゆみ先生にイラストのほか表紙の絵を描いていただきました。とても感謝しております。

この歌集を手にとっていただいた全ての方に、最愛の息子・智克に、ごんぎつねの心が相手に届いたように、私の心が伝わればとても幸せです。

後藤克博

後藤克博（ごとう・かつひろ）
眼科医。千葉大学附属病院、お茶の水・井上眼科病院等に勤務。将棋アマチュア6段。

光《ひかり》は瞳《ひとみ》をさがして

二〇二五年一月二十五日　第一刷発行

著者　後藤克博
装画・挿画　長野まゆみ
装幀　北野亜弓（calamar）

発行者　小柳学
発行所　株式会社左右社
東京都渋谷区千駄ヶ谷三丁目五五－一二　ヴィラパルテノンB1
TEL　〇三－五七八六－六〇三〇
FAX　〇三－五七八六－六〇三二
https://www.sayusha.com

印刷所　創栄図書印刷株式会社

 ISBN978-4-86528-455-3